Copyright © 2013 by Oma. 130509-VAN

ISBN: Softcover 978-1-4836-2635-2
EBook 978-1-4836-2636-9

All rights reserved. No part of this book may be reproduced or transmitted in any form or by any means, electronic or mechanical, including photocopying, recording, or by any information storage and retrieval system, without permission in writing from the copyright owner.

This is a work of fiction. Names, characters, places and incidents either are the product of the author's imagination or are used fictitiously, and any resemblance to any actual persons, living or dead, events, or locales is entirely coincidental.

Rev. date: 04/27/2013

To order additional copies of this book, contact:
Xlibris Corporation
1-888-795-4274
www.Xlibris.com
Orders@Xlibris.com

Maggie the Magpie was on her way home when she saw a sign that read:
"DUST BLOWING AREA AHEAD!" "Well, I wonder what that's all about," she thought and as she perched herself on the sign along the Highway.

Maggie de Ekster was op weg naar huis toen ze een bord zag waarop "UITKIJKEN: STOF BLAZEND GEBIED!" stond. "Wel, ik vraag me af wat dat allemaal te betekenen heeft," dacht ze en ging op het bord langs de snelweg zitten.

"Who ever heard of Dust blowing? I can see Dust, but don't hear it!" Maggie walked up and down the sign to read the words again. Meanwhile, she also scoured the ground for something shiny.

"Wie heeft er nu ooit Stof horen blazen? Ik kan het Stof zien, maar ik hoor het niet!" Maggie liep heen en weer op het bord om de woorden weer te lezen. Intussen zocht ze ook naar iets glimmends op de grond.

She saw something very shiny in the bushes and quickly flew to it, hoping to find something pretty. What good luck! She found a beautiful piece of coloured glass!

Ze zag iets heel glimmends in de struiken en vloog er vlug heen, hopende dat ze een iets moois zou vinden. Ze bofte! Ze vond een prachtig stukje gekleurd glas!

She was very happy with it and decided that she would use it to decorate her nest. But what about that sign that reads: "DUST BLOWING AREA AHEAD"? Hmm, she'd heard train whistles blowing and wind in the trees. She had even heard the horn of a car. But she'd never heard DUST!

Ze was er erg blij mee en besloot dat ze het als versiering voor haar nest zou gebruiken. Maar wat moest ze nou met het bord waarop "UITKIJKEN: STOF BLAZEND GEBIED" staat? Hmm, ze had trein fluiten horen blazen and wind door de bomen. Ze had zelfs een auto toeter horen blazen. Maar ze had nog nooit STOF gehoord!

Just then, Wally the Wind rolled down the hills, his cheeks full of air. He gently puffed air around the bushes, "Pfff!" "Hold it!!" shouted Maggie, "Stop puffing that air!" Wally chuckled and teasingly blew at Maggie's feathers.

Op dat moment rolde Wally de Wind de heuvels af, zijn wangen vol met lucht. Hij blies heel voorzichtig rond de struiken, "Pfff!" "Hou op!" riep Maggie, "Stop met blazen!". Wally grinnikte en blies plagend in Maggie's veren.

"Cut that out!" she cried impatiently. "I'm trying to hear the Dust blowing, but you're making too much noise!" At that, Wally had to smile! He asked Maggie who told her about the Dust blowing and she pointed at the sign, "Well, there it reads: "DUST BLOWING AREA AHEAD". Now I am trying to listen for it!"

"Schei uit!" riep ze ongeduldig. "Ik probeer het Stof te horen blazen, maar je maakt te veel lawaai!" Nu moest Wally wel glimlachen! Hij vroeg Maggie wie haar over blazend Stof had verteld en ze wees naar het bord, "Nou, daar staat het: "UITKIJKEN: STOF BLAZEND GEBIED". Nu probeer ik dat te horen!"

Wally couldn't help but laugh a bit. "No, no, little one," he said. "That is not what the sign means. It actually warns drivers of dust clouds that I cause when I come down the hills. I'm the one that blows the dust up and around and makes it hard for drivers to see the road."

Wally kon zijn lachen nauwelijks inhouden. "Nee, nee kleintje," zei hij. "Dat betekent het bord niet. Het waarschuwt de automobilisten eigenlijk voor stofwolken die ik veroorzaak als ik de bergen afkom. Ik ben degene die de stof opwaait en die het de automobilisten moeilijk maakt om de weg te zien."

Although Wally didn't laugh out loud, Maggie had a very hard time trying to stay on the sign with all that dust blowing. She even had to cover her eyes with hers wings. "That is not funny!" she said. "You're right, I'm sorry," Wally apologized, "But you see, I love blowing dust and things all around."

Hoewel Wally niet hardop lachte, had Maggie toch veel moeite om op het bord te blijven zitten met al dat opwaaiende stof. Ze moest zelfs haar ogen met haar vleugels bedekken. "Dat is niet leuk," zei ze. "Je hebt gelijk, het spijt me," verontschuldigde Wally. "Maar kijk, ik hou ervan om stof en dingen overal heen te blazen.

"Oh, I didn't know that you are the one that blows the dust up and away." said Maggie as she shook out her feathers. "Yes," said Wally. "The sign warns drivers of a very windy and dusty area ahead, so they have to slow down!"

"O, ik wist niet dat jij degene bent die het stof opwaait en wegblaast." zei Maggie terwijl ze haar veren uitschudde. "Ja," zei Wally. "Het bord waarschuwt de automobilisten voor een heel winderig en stoffig gebied verderop, zodat ze langzamer moeten rijden."

"DUST BLOWING AREA!" she chuckled and very soon they were both laughing so hard. Dust blew all around them and the tumbleweeds tumbled.

"STOF BLAZEND GEBIED!" grinnikte zij en spoedig waren ze alle twee heel hard aan het lachen. Het stof vloog rondom hun en de droge struiken rolden rond.

Edwards Brothers Malloy
Thorofare, NJ USA
May 16, 2013